Depuis que le royaume était en paix, le chevalier Philibert s'ennuyait. Lui qui avait été si vaillant, qui avait défendu le royaume avec courage, passait son temps assis face aux tours du château.
Celles-ci avaient autrefois été assiégées par des ennemis redoutables !
Et Philibert les avait toujours vaincus.

On avait acclamé ce héros.
Des années plus tard, il se souvenait encore du sifflement des flèches, du bruit sourd du bélier, du fracas des boulets contre la muraille.

Et chaque jour, depuis la fin de la guerre, le chevalier soupirait :
« Quand connaîtrai-je à nouveau le danger ? »

Bien sûr il chassait de temps en temps.

Il poursuivait sangliers et cerfs, et rapportait quantité de gibier pour les festins.

Il s'entraînait à la guerre contre des ennemis en bois et participait à des tournois, faisant chuter ses adversaires d'un coup de lance !

Mais rien de tout cela ne lui semblait pouvoir mettre à l'épreuve son courage de chevalier.

C'est pourquoi, lorsqu'un jour il entendit un paysan crier :

« Un dragon !! Au secours ! Un dragon ! »

Philibert n'hésita pas une seconde.

S'il y avait un dragon dans le royaume, il en ferait son affaire !

Il revêtit son armure, se saisit de son épée, et grimpa sur le dos de son cheval.

Voilà Philibert qui galopait vers sa quête, acclamé par les passants.
Il chevaucha jour et nuit, ne s'arrêtant que pour laisser boire son cheval.
Sans jamais se fatiguer, il voyagea durant tout l'hiver, tout le printemps et tout l'été.

Il arriva enfin devant la grotte
où l'on avait entendu les mugissements du dragon.
Là, il descendit de son cheval, brandit son épée et cria :
« Je suis le chevalier Philibert !
Sors de cette grotte, monstre des enfers !
J'ai parcouru le royaume pour te vaincre,
et aujourd'hui, je te vaincrai ! »

C'est alors qu'un tout petit animal sortit de la grotte.
Il n'était pas plus grand qu'un chien, et vert comme une grenouille.
Sa peau était couverte d'écailles, et de son museau s'échappait un peu de fumée.

« Où est le dragon ? hurla Philibert.

– Devant vous, messire, trembla la petite chose.

– Quoi ? Toi ?! Mais qu'est-ce donc que cette bizarrerie ? »

Philibert s'approcha de la créature.

« Craches-tu des flammes ?

– Des flammes ? Oui… mais elles ne sont pas bien brûlantes.

– Où sont tes ailes ?

– Ici, dit le dragon en déployant deux ailes minuscules.

– Et tes dents ?

– Je n'ai encore que des dents de lait.

– Diable ! Un bébé ? s'écria Philibert. Qui m'acclamera pour avoir terrassé un ennemi aussi pitoyable ? »

Le pauvre petit dragon était bien gêné de ne pas être à la hauteur.
Pour une fois qu'il avait de la compagnie, il aurait bien aimé faire plaisir à son invité.
Mais soudain, il eut une idée.
« Vous pourriez attendre que je grandisse, et m'entraîner pendant ce temps !
– Quelle drôle d'idée ! s'étonna Philibert.
– Oui, m'entraîner à cracher des flammes, à voler, à tomber en piquet sur ma proie !
Ainsi, dans quelques années, vous aurez face à vous un ennemi digne de ce nom !
En m'affrontant, vous deviendrez même le plus valeureux des chevaliers du royaume ! »
ajouta le dragon.

Philibert accepta.

Après tout, il avait attendu tant d'années qu'un danger se présente, que rien ne pressait ! Et puis, le dragon grandirait vite, il en était certain.

L'entraînement débuta par le cracher de feu.

Car c'était, assurément, ce qui faisait la réputation de ce monstre !

Quand il demanda au dragon de lui montrer ce qu'il savait faire, celui-ci ouvrit la bouche, cracha une minuscule flamme, et manqua de s'étouffer.

Philibert fit la grimace.

« Il faut travailler ton souffle ! Nous allons faire des exercices de respiration. »

Ainsi le chevalier et le dragon chantèrent du soir au matin.

Et pour se reposer, ils ramassèrent des mûres,

se baignèrent dans la rivière

et firent la sieste dans l'herbe.

Quand Philibert demanda au dragon de battre des ailes, ce dernier manqua de tomber.

« Il faut rendre tes ailes plus fortes, et t'apprendre à tenir debout. Nous allons travailler l'équilibre ! »

Ainsi, le chevalier et le dragon dansèrent du matin au soir.

Et pour se reposer, ils se racontèrent des histoires au coin du feu,
dégustèrent les fruits qu'ils avaient cueillis,
et jouèrent aux échecs sous la lune.

Il fallut aussi s'occuper des dents du dragon,
qui n'étaient encore que de toutes petites choses fragiles.
« Pour que tes dents soient solides, et que ta mâchoire soit forte,
rien de tel qu'une bonne alimentation » dit Philibert.

Ainsi, le chevalier et le dragon préparèrent chaque jour de somptueux festins.

Et pour cela, ils construisirent des cabanes
afin de se cacher et de surprendre le gibier,
lurent des livres de cuisine, et cueillirent des champignons.

Il fallut attendre plusieurs années avant que le dragon n'atteigne une taille raisonnable. Quand ce fut le cas, il était aussi devenu un excellent chanteur, un très bon danseur et un remarquable cuisinier. Mais il était surtout devenu le meilleur ami de Philibert.

Quant au chevalier, il avait oublié sa quête et son amour du combat, et préférait manier le pinceau plutôt que l'épée.
Il avait même réalisé un magnifique portrait de son ami grandeur nature.

Aussi, un jour, passant par hasard devant la grotte, un paysan vit le tableau et pensa que c'était un vrai dragon ! Ses jambes tremblèrent, car il crut sa dernière heure venue ! Mais soudain, il aperçut le chevalier qui appuyait la pointe de son pinceau, teintée de rouge, sur le ventre de l'animal. Prenant ses jambes à son cou, le paysan hurla :

« Le chevalier Philibert a terrassé **le dragon !** »

et disparut dans la forêt.

Heureux avec son ami, le chevalier ne réapparut jamais au château. Longtemps plus tard, le royaume louait encore la bravoure de Philibert. On en fit même des chansons et des tapisseries. Le chevalier et le dragon, quant à eux, continuèrent à couler des jours paisibles à peindre, danser, préparer des festins et se baigner dans la rivière.

Philibert avait bien terrassé son ennemi, oui…

Mais cet ennemi était l'ennui !

Directeur : Sarah Koegler-Jacquet - Directrice éditoriale : Brigitte Leblanc
Éditrice : Juliette Spiteri assistée de Lorène Lebrun
Responsable artistique : Solène Lavand, assistée pour la mise en page d'Emma Lechardoy
Fabrication : Virginie Vassart-Cugini - Lecture-correction : Myriam Blanc

ISBN : 978-2-01-702459-0 — Dépôt légal : septembre 2017 – Édition 01
Imprimé en France par Pollina - 80671. Achevé d'imprimer en septembre 2017.
Loi n° 49-956 du 16 juillet 1949 sur les publications destinées à la jeunesse.